세상의 마루에서

실천문학 시인선 033

세상의 마루에서

성배순 시집

실천문학사

제1부

제2부

제3부

제4부

제1부

꽃을 보면 배가 고프다

머리가 반백인 당신
절벽 벼랑을 기어오르시네.

바위틈 철쭉 한 송이
입에 물고 내려오시네.

밀린 고지서의 숫자들
머릿속 가득 뒤엉키는데,

저렇게 환하게 웃으며
코 가까이 꽃을 주시네.

진분홍 독 잔뜩 품고 있어
먹지도 못하는 꽃을!

꽃무릇

저어기 서쪽 산기슭

사방팔방으로 발 펼친

선홍빛 거미.

떼 지어 독 풍긴다.

이곳에서 보니 짜릿하다.

암컷론 2

거무튀튀한 등에
찰싹 달라붙은
하얀 새끼 알.
어부바하다가
등의 살 속으로
품어 버렸네.

물갈퀴 손 펼쳐
펑펑 생살 찢고,
너덜너덜 등짝
폴짝폴짝 넘어가는
열 마리 백 마리
피파개구리 새끼들.

산불

이 집 이제 떠나거라.

어디든 넓은 땅 찾아

뿌리를 내리거라.

어미나무는 꺼끌꺼끌한 몸

박박 문지른다.

살갗이 터지고

붉은 꽃 피어오른다.

날갯짓 못 해본 시과

다홍빛 보드라운 날개

콜록콜록 산을 넘어간다.

시인과 농부 1

새벽 4시 눈 비비는 나를 질질 끌고
동네 저수지 방향으로 그가 경운기를 몬다.

는개가 한 치 앞도 볼 수 없이 뿌옇다.

털털거릴 때마다 내 몸이 공중부양을 한다.
보이지 않는 길, 가도 가도 오리무중인데

그는 자꾸 묻는다. 멋있지? 환상적이지?

동서남북, 세상은 온통 는개에 갇혀 있는데
눈썹과 속눈썹에 작은 물방울을 매달고

그의 입술, 는개의 바다 위 둥둥 떠다닌다.

고무신 한 짝

빈집 마루 밑 구석

하루 종일 굶고 기다리는

속이 텅 텅 비어 있는

때 묻은 흰 배 한 척.

조치원 엘레지

기차가 떠나가네. 어둠속으로 빠르게
꼬리를 거두어 가네. 밤 11시 3분
시계는 멈추고, 도화 꽃 만발한 조치원을 뒤로
그대는 깜깜한 세상 속으로 사라지네.

고복저수지 한가운데에
추억이 잠겨 있다고
보이지 않는다고 사라진 것은 아니라며
그대는 내게 입을 맞추었지.

철길 옆 연탄 공장을 지나며
그대가 언뜻 보인 눈물은
내 가슴속 깊은 우물이 되어
작은 빗방울에도 넘쳐흐르네

빗물이 흐르는 동시 상영
왕성극장을 나와 가위바위보

게임을 하며 오르내리던 역전 육교
오늘은 혼자서 오르내리네.

포르르 역 주변을 날던 한 무리의 새들도
날갯짓을 멈춘 지금 기차는 다시 또 떠나가고
네온사인 번쩍이는 조치원역 광장에서
나는 빙빙 돌며 북극성을 찾아보네.

나무꾼의 선녀를 내려놓으리

한 나무꾼을 만나 30년을 살았네.
어제의 일들이 한낱 꿈이기를
날개옷 아닌 행주치마를 두르고
뜨거운 감자알 앞에 앉아
물어 보고, 또 물어 보았네.

생각해 보면 산짐승도, 풀도, 꽃도
한통속이 되어 나를 속였구나.
아이들 하나, 둘, 셋이 생기고
늦은 밤 연습해 보는 날갯짓으로는
밤하늘을 날 수가 없었네.

머리에 쓴 수건 벗어 던지고
행주치마도 풀어 버리고
두 아이 양쪽 겨드랑이에 끼고
막내는 가랑이 사이에 끼고
오르자 힘껏 날아오르자.

옥황상제가 있는 나의 집을 향해.

새벽에나 겨우 눈을 뜬 수탉
지붕의 꼭대기에 올라
목 찢어지게 울어도
절대로 지상은 돌아보지 말아야지.
나무꾼을 위해서는 두 번 다시
지상에 내려오지 말아야지.
나는 옥황상제의 선녀였나니!

배고픈 귀

임금님 귀는 당나귀 귀
산수유꽃 펑펑 터진다.
그해 봄 연두 꽃잎들
물살에 파랗게 가라앉을 때
거울놀이를 하던 너 와 나.
절벽에 달랑 매달려 있는 소문
달팽이관을 통과하지 못하고
누렇게 부서진다.
임금님 귀는 당나귀 귀
소리는 피식 새어나가지만
간혹 뻥뻥 터지기도 한다.
그것이 전부다.
목이 쉰 도시의 하늘
빙글빙글 돌아가고
노래가 나오지 않는 가슴 치며
사람들 비틀비틀 우웩거린다.

터키블루, 나의 글루밍 선데이

레스보스 섬 위 태양이 슬프게 솟아오른다.
지중해가 보이는 호텔로 가자 파온.
당신과 나의 사랑, 폭풍처럼 위태로울까 봐
혹시나 뿌리까지 흔들릴까 걱정했지.
야자수는 미친 여자의 머리칼처럼 풀럭거리고
혼자, 아니 너와 나 둘이서 터키블루
한때는 저 야자수 같았던 당신과 나
뿌리 깊게 박고 가지만 춤을 추었지.
아르헨티나의 슬픈 탱고처럼 엉켰지.
내일 터키블루 지중해를 건너갈 때
우리는 온몸 가득 커다란 돌멩이를 매달자.
우리의 영혼 바다 깊은 곳에 밀어 넣자.
이승의 생이여! 이승의 아픈 사랑이여!
다시는 수면 위로 떠오르지 말라고
당신과 나, 단 둘이서 터키블루
저 바다 깊은 곳에서, 영원을 꿈꾸었지.
쉰다섯, 어쩌자고 혼자 이 바닷가 절벽까지 왔을까.

우리 엄니 시집을 가시네

답답한 일 없이 시원하라고
분홍 모시 속저고리 입고
층층시하 틈에서 따뜻하라고
무명 솜저고리 하나 덧입고
그 위로 노랑저고리 마저 입고
우리 엄니 시집을 가시네.
다홍색 비단 치마 위에다가
연초록 활옷 걸쳐 입고
나풀거리는 넓은 팔소매에는
오색 색동천 달으셨네.
윤기 나는 가채 위에 쓴
족두리 이리저리 흔들리는데
두 볼에 찍은 곤지 연지는
창백하기만 하네. 붉기만 하네.
하얀 종이꽃 가득 장식한 가마
동네를 한 바퀴 돌고
집 마당에서 한참 머뭇거리네.

삼베옷 입은 육 남매의 노잣돈 밟고
개울 건너 밭고랑 지나
꼬불꼬불 산길을 넘어
우리 엄니 시집을 가시네.
흰 국화꽃 가슴으로 받으시며
엄니, 엄니 천 번을 불러도
기어이 엄니는 시집을 가시네.

신 여인국 2

둥근 등뼈를 반듯하게 펴고
여인들은 언제나 유모차를 끌어요.
그 속에는 바람의 아기가 타고 있어요.

집집마다 아기바람들이 쑥쑥 자라요.
그 애들은 늘 버릇이 없지요.
창문으로 들락거리며 집 안을 어지르고
마을을 쑥대밭으로 만들기도 하지요.
그러고는 휭하니 마을을 떠나요.
호기심이 왕성한 그 애들은
마을로 가는 지도를 잃어버린 지 오래예요.
여인들은 대문을 열어놓고 밤새 음식을 만들지요.
열어 놓은 문으로 길고양이나 들어와요.
길고양이들만 배부르게 음식을 퍼먹어요.
둥글게 만 여인의 허리를 펴 눕히는 길고양이들.
혀로 핥아 주고 살랑살랑 꼬리로 토닥여 줘요.

둥근 등뼈를 반듯하게 펴고

여인들은 언제나 유모차를 끌어요.

유모차 속에는 바람의 아기만 타고 있어요.

천사의 눈

이스탄불 성소피아 성당 앞.
시리아 난민입니다 도와주세요.
누런 박스 쪼가리 가슴에 붙인
퀭한 눈빛의 아버지와 아들
눈 맞추며 여기저기 돌아다닌다.

지중해 건너다 배 뒤집혀
터키해변 모래 속에 엎어져 있던
세 살배기 아기 어른거린다.
주머니에 있는 1리라 만져 본다.
혼잡한 기념품 가게 앞 머뭇거린다.

주머니 속 1리라를 꺼내 본다.
사람들 속으로 빠르게 묻히며
'나자르 본주'라는 천사의 눈 하나 산다.
네 개 눈동자가 물빛 천사의 눈
비웃으며 눈앞에서 사라진다.

세종갤러리 카페에서

오늘도 위층에서 탁탁탁 망치질 소리 들린다.
망치 소리 리듬에 맞춰 줄줄 자판 두드린다.
아까부터 목구멍이 간질거려 연신 캑캑거린다.

국사봉에서 비치는 아침 햇살이 차가운지
여자는 카페 문 열자마자 들어와서는
오른손으로 자꾸만 왼쪽의 팔등 문지른다.

신랑이 일 끝나기 기다린다는 이 여자.
창밖 아파트 공사장에서 눈 뗄 줄 모른다.
끝나면 부근의 원룸을 보러 갈려고요.
두 손으로 찻잔 어루만지며 볼을 붉힌다.

겨울바람 먹은 철근 다리로 우뚝 서서 여왕개미
타워크레인의 더듬이 허공으로 분주하게 움직인다.
덩치보다 큰 먹이 나르는 베트남, 인도네시아……
먼 이국에서 건너온 일개미들 비계 사이 넘나든다.

희끗희끗 날리는 눈발 사이
일렬로 언덕을 내려오는 사내들이 보인다.
여자는 몸을 튕겨 밖으로 나간다. 나는 모래가
잔뜩 묻어 있는 식도 위로 계속해서 침을 삼킨다.

안녕, 별다방 아가씨

微國에서 왔다는 별다방 처자
머리에서 녹색 물 떨어진다.
흰 꼬리지느러미 양손으로 들고
지나는 사내들에게 다 보이도록
유리문에 찰싹 붙는다.
끈적끈적한 냄새 풍긴다.

눈과 귀 열린 도시의 선원들
아침마다 입 코 감싸 주던
여자 떠올리곤 두 손으로
귀 막고 총총 집으로 향한다.
흥, 묘한 웃음 띤 녹색 아가씨
양손 더 높이 치켜올린다.

다만, 微國에서 왔다는 저 처자
파다닥 유리 바닥을 친다.
반짝 빛나는 파편에

피 흘리는 줄 모르고

숭늉 먹던 우리의 사내들

별다방 앞에 줄을 선다.

제2부

진눈깨비

문학치료 교수 b는 시 '황사'를 보고, 나의 전생은 병자호란 때 몽골로 끌려간 동녀라 한다. 환향녀가 틀림없다 한다. '다시 또 황사'를 보더니 이번에는 고려로 시집 온 몽골 공주 보탑실리라 한다.

고비사막에서 주워온 돌멩이 하나. 사막을 건너는 여인들을 지켜보느라 속이 시커멓게 탔을 돌멩이를 목에 맨다. 수시로 만진다. 그때마다 얼굴이 붉어지고 목이 메어 눈을 끔뻑거린다. 사람들은 갱년기라 한다.

공주교대 앞 식당 초원이라는 몽골 여자가, 한겨울 반팔로 고기를 굽다가, 사막에서 남하하는 바람과 동풍이 만드는 바람에 땀 식히고 들어와서는 언니, 언니 부르며 목걸이 만진다. 몽골에 두고 온 딸이 보고 싶다고 창밖 올려다본다.

고비사막 지나 천산산맥 넘어 온, 수많은 눈물방울들, 새하얀 눈송이로 몸 바꾸지 못한 떠돌이 바람들, 차가운 얼음덩이 목에 매달고 철퍼덕 철퍼덕 몸 던진다.

포란반

한낮 공원 벤치 위 서른 안팎의 여자
꽃무늬 블라우스 세 번째와 네 번째
단추를 연다. 동그랗게 드러나는
맨살 속으로 어린 아기, 연신 고개를
들이받는다. 지나가는 행인들
얼른 자리 피하고 어머나, 어머나
폐경이 된 지 오래된 아주머니 둘
야하다, 아름답다, 중얼중얼 실랑이한다.

나무 구멍 밖으로 얼핏 보이는
암컷 딱따구리의 동그란 맨살…….
혈관이 모여 있는 곳의 따듯한 체온
아기에게 좀 더 깊이 느끼게 하려고,
나무를 쪼던 부리, 악물고는
뭉텅뭉텅 붉은 깃털 뽑아 만든
쪼끌쪼끌 포란반(抱卵斑). 들여다보고 있자니,
공연히 팽그르 눈물 돈다.

달맞이꽃

해가 산등성이를 넘어가던 오후
바람 한 점 없는 들녘
달맞이꽃이 자꾸 제 몸을 흔들어댔다.
노란 꽃 이파리 네 개를 거듭 터뜨려댔다.
여기도 흔들, 저기도 흔들
나도 흔들거리며 그 모습 오래 바라보았다.
사방이 깜깜해지도록
그 모습 바라보다가 집에 오면
어머니는 밥 짓다 말고
마루에 앉아 소주를 마셨다.
달빛이 너무 이뻐서야.
아그야, 너도 요기 좀 앉아 보그라.
엄니, 동네 사람 보면 챙피하니께
얼른 안방에 들어가셔유.
어머니 몸속에도 바람 한 줄기 있어
스스로의 탄력으로 퐁퐁 꽃 피우길 바라며
어머니 몸을 마구 흔들던 기억!

내 몸을 흔들어 줄 딸은 시집가고
달맞이꽃이나 바라보며
스스로 흔들리고 있는 한여름 밤!

선샤인*

양손에 주렁주렁
링거 줄에 매달린 마리오네트들
가끔은 뚜걱뚜걱 관절 움직이기도 한다.
이들, 가지런히 침대 위에
누워 있는 대기실.
어떤 늙은 배우가
갑자기 눈을 열더니
해당화 곱게 피는……
섬마을 노래를 열창한다.
공중으로 들어 올린 우리의 손들
늘어진 줄들 부딪쳐 가며
와와, 커튼콜 박수 친다.
그때 우르르 등장하는
햇빛 속 마리오네트들.
늙은 배우는 급히

* 임종 직전(터미널 상태) 환자가 잠시 멀쩡하게 정신이 돌아오는 것

승강기를 타고 밑으로 내려간다.

껄껄 공중에서 들리는 웃음소리.

사랑니

박물관에서 천오백 년 전 왕비의
어금니를 본다. 하루에도 몇 번씩
올랐다 내렸다 하는 열,
옷 벗었다가 껴입었다가를 반복한다.
치아 없는 잇몸이 아파 병원에 간다.
아직도 나오지 못한 사랑니
어금니 뒤에 하얗게 숨어 있다.
뿌리 턱 쪽에 매복하고 있다.
세상에, 쉰 나이에 사랑니라니.

구다라 늙은 왕비 치아를 두고
누구는 어금니다 누구는 사랑니다
말한다. 천수를 누렸다는 왕비
몸이 풍화되고 나서야 드러낸
저 사랑니로 갑자기 어린 후궁이 된다.
살아서는 차마 드러내지 못했던 사랑,
죽어서도 끝내 보이지 않던 사랑,

혼백이 다 흩어지고 나서야
비로소 드러낸 사랑, 이라니…….

내 몸속 숨어 있던 사랑니
왜 지금서야 모습 보이는지
곰곰 생각해 보고 또 생각해 보는데
온몸의 열기, 갑자기 냉기로 바뀐다.
둥글게 웅크려 이불로 둘둘 말다가
후다닥 거울 앞에 선다.
몸 여기저기 하얗게 허물 벗겨진다.

개와 늑대의 시간

프로메테우스가 털 없는 원숭이에게
부싯돌 속의 불 왜 몰래 주었을까
그것이 오랜 의문이라는 듯.

사슴을 쫓던 그때 동굴 속에서
슬금슬금 기어 나오던
달큰한 익힌 고기 냄새만 아니었더라도
쓰레기 더미 옆을 지나다가
뼈다귀에 붙은 고기 조각 핥지만 않았더라도
사람들의 우리 속으로
스스로 들어가지 않았을 것이라는 듯.

어둑어둑 저녁이 물드는 지금
인간의 친구로 있어야 하는지 말아야 하는지
근질거리는 송곳니로
이 쇠창살 끊어야 하는지 말아야 하는지
골똘히 생각하는 유기견의 우리 속

저 개 같은 것 보고 있자니
갑자기 겨드랑이가 근질거리는 듯.

나는 펫

아주 오래전 어느 날, 사로국 공주에게 반한 왕자, 고국 페르시아를 떠나 사막 건너 사로국으로 들어왔네. 공주와의 사랑 이어 준 페르시안 고양이는 그때가 생각나는지 오늘도 집 안 곳곳에 모래 부려놓네.

적막은 무서워 온종일 숨바꼭질하네. 크리스털 홍채 동그랗게 뜨고 귀 바짝 뒤로 젖혀 보네. 수염 빰에 붙이고 풍성한 털 찰싹 몸에 붙여 소파 밑에서 눈 끔뻑이며, 앞발로 적막 밀어 보고 조금씩 어둠 앞당기네.

더듬더듬 스위치 찾아 깜깜한 방에 불 켜면 소파 밑에서 냐옹 튀어 나오네. 늦게 와 미안해 개다래나무 흔들면 인정사정없이 발톱 내밀어 손등 할퀴네. 이내 입 크게 벌리고는 송곳니와 목젖 보이며 무심하게 하악질 하네.

박수 치고 엉덩이 흔들며 한참 공들여 애교를 부리면, 소파 위에서 상념에 잠겨 양옆으로 꼬리를 흔드네. 앞발 혀로

깨끗이 핥은 후 수염 닦고 눈물 젖은 얼굴 한참 그루밍 하네.

가르릉 소리 날 때까지 미간 문지르는 나는 펫이네.

시인과 농부 2

지금 한창 꽃이 이쁘니 보러 가자고 그가 떼를 쓴다.
감자를 심기로 한 밭은 개망초가 하얗게 하늘거린다.
군데군데 시뻘건 양귀비꽃과 노란 애기똥풀도 냄새를 풍긴다.
감자를 심기로 하고서 왜 안 심었냐고 물어 보자
감자를 심으려고 풀을 뽑으려 했는데 풀이 너무 이쁘더라며
그 풀이 이렇게 꽃을 올렸다고 짜잔, 오히려 자랑을 한다.
모내기를 하려면 논에 물을 대 소독을 해야 하는데
미꾸라지며 우렁이며 꼬물거리는 생명을 못 죽이겠다며
그만 벼농사를 포기하자던 그, 그 논에 객토를 해
밭을 만들자던, 감자를 심어 감자를 구워 주겠다던 그……,
그와 함께 살면 굶을 수도 있겠구나, 혼자 중얼거리며
꽃송이를 머리에 인 채 거들먹거리는 잡초를 뽑는다.
벌들은 잉잉거리고, 앞산의 뻐꾸기는 뻐꾹 뻐꾹대는데.

우리는 순한 짐승이 되어

어느 날 문득 학교에 가기 싫다고 그가 떼를 썼다.
학생도 아니고 선생이 학교를 안 가면 어찌하냐고
달래고 달래 등 떠 밀은 날 그는 사표를 내고 왔다.
그 후 내 목소리는 섬에 사는 여자만큼 커져 갔다.
귀가 잘 안 통하는 신랑과의 당연한 대화법이니까.

그는 투덜거리며 혼잣말을 했고, 나는 그가 듣지 못하는 독백을 했고, 그는 하루 종일 내 붉은 입술만을 읽었고, 나는 자꾸 입 안에 말을 감췄다.

하루, 이틀, 사흘, 나흘 음성언어가 사라진 우리 집.
닷새, 엿새, 이레, 여드레 아흐레가 되자
조금씩 읽히기 시작하는 눈빛, 손짓, 몸짓의 언어들.
기가 막히게 순한 짐승이 되어 우리는 내내 흥흥거렸다.

어떤 스투키

길게 땋은 머리카락 밟고
지하로 내려간다. 무엇인가로
빽빽하게 들어차 있는 방
까만 비닐봉지 속 물건들 끄집어내자
거기 한 귀퉁이
스투키 화분 놓여 있다,
서른 바라볼 즈음
누군가에게 선물 받은.
없는 듯 신경 쓰지 않아도
병드는 일 없던
한참 집 떠나 있어도
푸르게 자리를 지키던
자르르 윤기 흐르던
녀석의 푸른 기둥
이제는 허옇게 말라 늙어 있다.
내 방을 찾아온 사람들
한마디씩 참견한다. 내게는 아직

어울리지 않는 빛깔이라고
버리는 게 좋겠다며 지껄여댄다.
스투키 화분, 버리려고
번쩍 들고 보니
아뿔싸, 놓여 있던 자리
움푹 파여 있다. 터 무늬 도장 하나
턱, 하니 버티고 있다.

근황

인력시장에서 바람을 맞던 그가
집에서 빵 부스러기나 청소하던 그가
다른 곳으로 줄을 옮기고부터는
새벽마다 어딘가로 배달되던 그가
오늘은 동굴 문을 활짝 열고 들어온다.
비릿한 냄새가 확 코로 밀려온다.
네모진 난로에 불을 지피자
사각의 스크린에서 오색 맛이
우르르 쏟아져 나온다.
피 묻은 살코기며 빨강 산열매
바구니 가득 쏟아 붓던 그가
쇠솥의 붉은 녹을 씻어내던 그가
화덕에 한참 공들여 불을 붙이던 그가
장롱 아래서랍 앞에 쪼그려 앉는다.
오래 묵혀 두었던 사냥총을 꺼내
윤이 나게 기름칠을 시작한다.
흥, 흥, 흥 콧소리 내어가며
찰칵찰칵, 사냥총의 방아쇠를 당겨 본다.

유년일기

동부콩을 한 소쿠리 머리에 이고
양손엔 푸성귀 자루 하나씩 들고
엄마는 이십 리 길 조치원 장에 가고.

쌀독 밑 쌀 한 바가지 마당에 뿌리고
참새랑 놀다가 공기놀이 하다가
귀 뜯어진 곰 인형 안고 자다가.

양은솥 안 고구마 세 개 먹으면
해는 지쳐 먼저 집에 가고
나도 대문간 멍석 위에서 잠이 들고.

땀에 흠뻑 젖은 옷 속에서
엄마는 찌그러진 풀빵
한입 가득 물리셨네.

오후 세 시의 순대국밥집

창자가 자꾸 헛헛해지는 오후 세 시 무렵
지하 1층 순대국밥집에 혼자 가는데,
국밥 속 순대 하나 김치에 싸서 먹는데,
순대는 새우젓에 찍어야 제 맛인 겨, 하는
당신의 소리가 귓가에 맴맴거리는데.

고불고불 돼지창자를 밀가루와 소금으로 바락바락 치대가며 조물조물 씻고 뒤집어 또 씻고, 불린 찹쌀이 익는 동안 숙주를 데치고, 묵은지, 양파, 부추, 대파를 송송 썰어 된장 양념을 하고, 찹쌀밥에 선지를 섞고 양념을 또 섞고, 돼지창자 주둥이에 깔때기를 넣고, 소를 꼭꼭 눌러가며 채우고, 양쪽 끝을 무명실로 묶고, 가마솥에 된장을 풀고, 순대곱창, 허파, 염통, 간, 쪼글쪼글 오소리감투를 삶아 접시에 골고루 나눠 담고, 당신은 어린 내게 노인이 있는 집에 심부름을 시키고는 했는데, 산 밑 외딴집 할머니네 갈 때면 피가 두꺼운 막창 흰순대 몰래 하나 빼먹고, 피가 보드라운 대창순대 소창순대 몰래 하나 또 빼먹고, 허파며 염통이며 간 하나 빼먹고, 개울물 건너다 송사리 떼 구경하다가 다 식은 순대 몇 토막 할머니한테 전달하고 집에 오면 참외며, 수박이며, 토마토며, 사과며, 사탕이며, 떡이, 대청마루에 가득하고, 어머니는 한복 허리에 질끈 묶은 꾸불꾸불 오소리감투 같은 넥타이 허리끈을 흔들거리며 가마솥에 국수를 삶고, 단지에서 술을 떠 내오고, 세숫대야에 빨간 플라스틱 바가지가 엎어지고, 통통통 석탄 백탄 타는데 노래가 시작되고…….

오후 세 시 식당에는 손님이 아무도 없어
한구석에서 소리 죽여 국밥을 먹고 있는데
터진 순대 한 접시 슬그머니 밀어놓고
넉넉하고 살이 좀 통통한 주인아주머니가
반병 남은 소주를 들고 와 내 앞에 앉는데.

제3부

절 옆에서 고기를 굽다

논두길을 따라 가다 산언덕에 올라앉은
동서남북 산으로 둘러싸인 어느 절.
가출이나 출가의 이력이 있는 시인 몇 모여
두루미, 까치, 참새 소리에 귀를 씻는다.
흰 쑥부쟁이, 보라색 패랭이꽃 흐드러지는
산사에는 청매실, 적앵두 흑버찌가 익고 있다.
수련으로 덮인 연못 두 개를 지나
된장이 익어 부풀고 있는 장독대 옆에 앉아
장작을 피우며 우리는 삼겹살을 굽는다.
절을 지키는 개 두 마리가 허겁지겁 달려온다.
너희도 입이지. 잘 읽은 고기 한 조각 갖다 주자
꼬리를 내린 채 기겁하며 도망을 간다.
내가 무서운가? 표정도 부드럽게,
발걸음도 조용히 다시 다가가자
이번에는 법당 쪽으로 줄행랑을 친다.
개의 불성에 대해, 부처와 예수의 욕심에 대해
갑론을박하다가 우리는 개만도 못하다며

킥킥거린다. 노릇노릇 잘 익은 고기를
상추쌈을 해 입이 미어지도록 먹어치운다.
여기저기서 목이 메는지 캑캑거린다. 살생을 하는
중생들이 가는 칼산지옥 따위 비웃기라도 하는 듯.

박태기

박수무당 김석출 그이가 말이여
한복 곱게 차려입고
느티나무 그늘에 앉았단 말이지.
볼에 빵빵하게 바람 넣고
씰룩쌜룩 날라리 불 때는
온몸 오소소 소름이 돋는다 말이여.
바람 갈 길 못가고
주변 풀 흔든단 말이지.
나뭇가지 못 견디고
팡팡 꽃 터트린다는 얘기,
두말하면 잔소리지 뭐여.
여덟 살 징채 잡던 그이가
시들지 않는 하얀 꽃
밤새워 만들던 그이가 말이여.
죽어서야 비로소 피우는
환장할 진보랏빛 꽃 앞에서
지나가는 아낙들

가슴 시퍼레지도록 안아 보고
한참 섰다 간단 말이지.
입에 밥풀떼기 묻힐 수 있다면
어디든지 달려가 작두를 타던
그이의 신명나는 춤판이
한창인 지금은 봄 절정이란 말이지.

도꼬마리

북아메리카 과테말라에서 왔지요
이래 봬도 초롱꽃목 국화과랍니다.
밑바닥이 환하게 보이는 아띠뜰란의 호수 주변
뿌옇게 안개가 감쌀 때마다
앞이 보이지 않았지요.
내가 부르는 노래, 마을 사람들은
알아듣지 못했지요. 나의 옷 색깔과 무늬,
마을 사람들과는 좀 달랐지요.
언제나 이방인인 내게
바람은 어느 날 눈앞의 호수가
세상의 전부 아니라며 뿌리 흔들었지요.
그때마다 동그랗게 눈동자 굴리던
아띠뜰란 물고기들, 떠나지 말라며
세상의 처음과 끝인 이 호수 발목을 물고 놓지 않았지요.
바람의 속삭임은 귓속에서
싹 틔우고 잎 나날이 커져 온통 나를 덮어 버렸지요.
그때는 도무지 숨 쉴 수 없었지요.

늙수그레한 여행객인 조선인 아무 씨의 바짓가랑이
있는 힘껏 움켜잡을 수밖에요.
그날로 태평양 건넜지요. 오래전 이야기인데
외래종이라는 수군거리는 소리
아띠뜰란 커피 맛을 닮았네요.
지금도 찰싹 눌어붙어서
끝내 떨어지지 않으니 말이에요.

신풍

한때는 신의 명부에 올랐지.
용맹하던 선조는 적벽대전에서
갑자기 몸 바꿔 제갈량을 도왔지.
남해의 노량해협에서는
이순신의 화살 위에 앉아
왜군 함대를 불태웠지.
몽골군이 일본의 땅
미처 밟지 못하고 수장되자
신의 바람이라는 이름이 생겨
호적에 올리고 기렸지.

어느 날부터였을까. 그 많던 이름
잊혔지. 사전 속에 갇힌다는 것
얼마나 고독한 일인지.
사내들 관절 깊이 들어가
힘줄 조직 날카롭게 들어가

백호역절풍* 일으키기도 했지.
연인들 사이를 오가며
한 다리를 걸어 넘어뜨리기도 했지.

오늘 공중 높은 곳에 올라
깃발 세차게 흔드는 것은
힘차게 노래 부르는 것은
본래의 내 이름 '고요'를
당신만 불러 주기 때문이지.

---

* 백 마리의 호랑이가 무는 것처럼 아프다 하여 한의학에서 통풍을 부르는 명칭

여름 지나 가을

근처 산이란 산에 밤꽃이 지천인 지금은
길쭉하니 노란 수꽃이 작고 동그란 암꽃을 품에 감춘 지금은
비릿함을 바람에 실려 동네방네 퍼뜨리는 지금은
밤나무들이 기억한 내 인생의 일화가 향기처럼 퍼지고 있네.

뾰족구두에 양산을 든 밤꽃 냄새 나는 여자를 데리고
아버지는 개선장군마냥 5년 만에 나타나는데
밥해라 이부자리 펴라 주문도 당당한데
아버지의 여자에게 풀 먹인 홑청이불을 새로 꺼내 주고
어머니는 한여름에 어깨를 옹송그리며
올망졸망 우리들을 꼬옥 안아 주는데.

수꽃에 가려져 보이지 않던 암꽃이 점점 둥글게 자라는 지금은
하얀 솜털 수꽃이 나무 밑에 수북이 쌓여가는 지금은
할머니는 서방 잡아먹었다며 어머니한테 악다구니를 쓰는데
어머니 배 속 알밤은 토실토실 잘도 자라고

젊디젊은 아버지 사진을 제사상에 놓고
눈앞이 흐려져 잘 안 보이는구나 얘야
이제는 네가 밤을 치거라
어머니는 내게 칼을 넘겨주는데.

갱년기

유추프라카치아라도 되는 거야?
내 등을 향해 그가 화살을 쏜다.
날선 그의 말이 귓속에서
싹을 틔운다. 아프리카
깊은 밀림에 살고 있다는
스킨십을 하면 그날부터
시들시들 시들어 죽는다는
아직 발견하지 못한 식물 유추프라카치아.

그다음 이야기는 모르는가, 그대?
한 번 스킨십을 한 뒤
시들시들 시들어 죽어가는
참 예민한 유추프라카치아
계속해 스킨십을 하면
그만 시듦을 멈추고
불현듯 다시 되살아난다는 것을.

쑥 타령

빨강 노랑 다홍

꽃구경 발에 밟히고

잡초라고 뽑혀도

여기서 저기서

쑥덕쑥덕 일어서는.

세상의 여백에서

온몸의 향기로

계속해서 터지는

초록의 항쟁.

시인이면 좋겠소

나는 블랙 독을 가지고 있어요.
오른쪽 손목의 손수건을 풀자
웅크리고 있던 개 한 마리 고개를 든다.

일주일에 한 번 가는 k 교도소
댑바람이 가끔씩 창문을 흔드는데
스물두 살 연이가 내게 말한다.

선생님! 선생님은 시인인가요?
글쎄. 시를 쓰고 있으니 시인이겠지.
시를 쓰면 다 시인인가요?

그녀가 제 머리를 책상에 내리찧는다.
검은 털실로 넓게 짠 머리띠에 가려진
듬성듬성 솟은 머리털을 뚫고
검붉은 피가 툭툭, 바닥에 떨어진다.

왼쪽 팔목에는 짐승의 이빨 자국
선명하다. 오늘도 내가 만나는
스물두 개의 눈, 내 입을 꼬나본다.

거기 그렇게 쩔쩔매다가 흔들리다가
철문을 나와 길바닥에 주저앉는다.

한 번도 그녀를 안아 주지 못한
죽으면 썩을 가슴 두 손으로 움켜쥔 채.
미필적 고의란 단어가 나를 무너뜨린다.

공소시효가 끝난 지는 오래되었겠지
얄팍한 계산을 하며 길고 긴 소설을 쓴다.

예산 시인 김 아무개

예산에는 박카스 선생 김 시인이 있다.
김 시인은 노인들에게 인기가 많은 노인복지사다.
김 선생 고마워, 하고 인사하는 노인은
어제 박카스를 선물 받은 노인이다.
김 선생 복 받을 겨, 하고 포옹하는 노인은
어제 비아그라를 선물 받은 노인이다.
문단 행사장에 가도 김 시인은 인기가 많다.
여기저기 불려 다니느라 밥을 못 먹을 정도다.
즉석에서 아름다운 성 강의를 하는 김 시인.
주책이다, 저질이다, 기가 입으로 올라왔다며
개중에는 진저리를 치는 여성 시인도 있다.
더러는 눈을 반짝이는 노인 시인도 있다.
즉석에서 이런저런 선물을 받기도 하고
즉석에서 원고청탁을 받기도 하는 김 시인.
정모 선생, 이모 선생은 얼굴 붉히며 그를 찾는다.
이 나이에 무슨 필요가 있냐며 버럭 화를 내고는
은근슬쩍 주머니에 찔러 넣는 노인 시인도 있다.

요즘 들어 김 시인은 자주 후회를 한다.
작고한 정모 선생에게 최근 그것을 못 주었기 때문이다.
그래서 돌아가신 것 같다는 김 시인.
노인들을 만나면 부지런히 성 강의하며 그것을 챙기는
김 시인의 이마가 오늘은 유리처럼 빛난다.

토르스 산맥을 넘으며

눈 덮인 토르스 산맥 구불구불 넘어간다.
산 위는 눈인지 구름인지.
산전수전 다 겪고 빚만 잔뜩 남아
걸핏하면 야반도주를 꿈꾼다는 가이드는
해설을 멈추고 해발 1825미터에서
그리그의 음악을 튼다. 창밖에는
아담이 에덴동산을 떠날 때
포도와 올리브와 함께 챙겼다는,
솔로몬이 궁궐을 지을 때
기둥과 들보와 마루판을 만들었다는,
잡새 따위 둥지를 틀지 않는다는
늘씬한 녹색 백향목 숲이 웅장하다.

잡새 따위라고? 내 머릿속에는 교회 출입문에 커다랗게 써 붙인 '이단 신천지 출입을 금합니다'라는 문구가 꼬리를 문다. 새가 날아든다. 봉황새 풍년새 울림비조 소탱이 앵매기 소루기 노인새 할미새 온갖 잡새가 날아오는 곳……,

그곳이 낙원이 아니던가. 고개를 갸웃거리는데
사람들 음악에 취해 눈 감고 코 드르렁거린다.
백향목은 몸속에 특유의 기름이 있어
10년 가뭄에도 끄떡없지만
수백 년은 자라야 목재가 되기에
신앙에 비유되는 것이라며
터키에서 10년 넘게 살고 있다는 가이드
콧물을 훌쩍인다. 이리저리 흔들거리며
토르스 산맥을 내려오자
2월 아몬드 나무에서는
연분홍 작은 꽃이 피어 있다.

밀술이 익는 계절

대청마루 나무 틈으로 밀술이 익을 때
어머니는 호박잎을 넣고 칼국수를 만들었지.

오가는 동네 사람들 예닐곱 마루에 올라
후루룩 한 그릇씩 먹고 하나 둘 불콰해졌지.

세숫대야에 빨간 플라스틱 바가지 엎어놓고
번갈아 손바닥으로 두들기며 노래 불렀지.

석탄 백탄 타는데 연기만 폴폴 나고요.
이내 가슴 타는데 한숨만 폭폭 나누나.

아주머니들 급기야 덩실덩실 춤을 추어댔지.
모두들 한숨씩 낮잠을 자다가 밭으로 나갔지.

성소피아 사원 풍경

우산에서 미끄러진, 하얀 작은 방울들
낡은 구두 위 발등에 때로 걸터앉는다.
천근만근의 무게로 나를 잡아당긴다.
이방인의 몸은 으스스 차가워 오는데
완전한 지혜를 찾아 몰려온 소피아
순례자들의 줄은 줄어들지 않는다.

털에는 윤기 흐르고 목줄 없는 개들
일체의 소유에서 자유로운 길고양이들
성소피아 공원 긴 의자 위에 몸 뻗고 있다.
여행객들도 이 나라 사람들을 닮아 가는지
우산이 있어도 쉽게 우산을 펴지 않는다.
나도 우산을 접고 한 풍경이 되어 본다.

고운뜰공원에서

가락마을 17단지 앞에서
푸른 신호등 기다린다.
가로수 가지에 걸린 가오리연
꼬리 흔들수록 가로수 가지
날아오르는 연 꼬리 잡는다.
개울물 소리 크게 들리는 저녁
꽃창포 사이로 돌오리 한 마리
무거운 날개 펼치고 있다.
둥근 나무다리 옆자리
배롱나무 아래에서는
돌개구리 터지지 않는 목청
크게 벌리고 바람 먹는다.
실난초 꽃잎 움츠리고
하얗게 지새우는 밤
앞서거니 뒤서거니
그림자와 함께 걷는다.
인공폭포 위에선 늙지 않는 가수
k씨, 고래고래 소리 지르는데.

세종호수공원

호수는 언제나 나체다
흰 뼈까지 다 보인다.

우적우적 먹은 것들
생생히 꿈틀거린다.

골목을 만들려고
흙탕물로 감추는 수초.

사람들 기겁을 하고
모래바닥 티끌까지 긁어 간다.

세상의 마루인 호수
며칠째 안개를 일으킨다.

제4부

선녀의 나무꾼처럼

아침에 빨래를 널러 옥상에 올라간 것뿐이야.
마침 태양은 산 뒤에서 뭉클 솟아오르고
나는 산파가 되어 양손에 힘을 주며
그 광경을 오래 지켜봤을 뿐이야.
늦잠에서 일어난 신랑이, 안 보이는 내 신발을 찾아
여기저기 전화를 돌리고 난리를 쳤더라고.
빈 소쿠리를 들고 현관에 들어서는데
아, 글쎄 집에는 친정 식구 시댁 식구 모두 모여
나를 보고 박수를 치더란 말이지.
그렇게도 결혼을 반대하던
시어머니는 눈물까지 보이며 박수를 치더란 말이지.
그 후 어떻게 되었냐고?
신랑은 선녀의 날개를 감춘 나무꾼처럼
꿈속에서도 내 손을 꽉 잡고 놓아주지 않더란 말이지.

신데렐라의 연인

꿈으로 지은 유리성, 달빛 계단 빛나는 곳
무도회에서 잃어버린 신발 한 짝
두 손에 들고 나를 찾아온 당신
내 운명의 꽃신 들고 온 왕궁의 왕자님.

생에 지친 내 눈물을 닦아 주며
입 맞추던 당신의 사랑 다 잊고
이렇게 나는 많이도 늙었네요.

이승의 잠속에 꽁꽁 갇혀 있는
내 영혼 깨우던 당신의 입맞춤
다시는 그리워하지 말라 하셨죠.

나는 네 꿈속에 있는 연인이니, 하고
속삭이며 춤을 추던 나의 왕자님 당신.
내 영혼 창백해지는, 하늘과 땅만 아는
황홀한 꿈속의 입맞춤, 내 아득한 왕자님 당신.

비 오는 날 여우야 뭐 하니

폭풍우 쏟아지는 한낮, 어렸을 때처럼 다시 묻는다. 여우야 여우야 뭐 하니?

소설 안나 카레니나 미남 장교, 브론스키 백작의 사랑을 꿈꾸니? 아니면 인생의 신 포도처럼 십만 리 밖의 풍경을 바라보니?

늑골 깊은 어디쯤 옥이 많은 남쪽을 지나 북쪽의 푸른 흙길을 밟고 동쪽으로 300리쯤 청구국의 검은 청빛 청여우가 툭툭 꼬리를 친다. 청구슬을 보이며 손을 내민다.

빨간 구두를 신고 둥둥 떠 있는 도시, 청빛 세종호숫가에서 백작과 춤을 출 가면을 비춰본다.

죽었니? 살았니? 청여우, 귀 쫑긋거리며 다시 묻는다. 죽었니? 살았니?

일몰, 그리고 일출

이렇게도 발갛고
둥글게 뜨겁구나
아름답구나.

내 몸은 성배 순으로

풍덩 매일 죽고
풍덩풍덩 다시 태어난다.

바닥의 바닥을
힘껏 차올라
어제보다 높이 솟구친다.

연오랑을 찾아가는 세오녀처럼
하늘의 중심을 향해 가는
아폴론의 마차처럼.

메두사를 위하여

고발한다, 바다의 통치자인 그.
몇 천 년 동안 침묵했어도
여전히 꽃뱀이라고?
터키 이스탄불 지하 물 저장고
거꾸로 처박힌 그녀가 울부짖는다.

아버지의 아들인 그 사내에게
아버지가 사랑하는 딸, 판사 아테나
솜방망이 꽃으로 활짝 안긴다.
그녀의 고급 찻잔 속 태풍이 몰아친다.

아름다운 얼굴로도 충분히 죄가 된다고
지혜로운 검푸른 머리카락
한 올 한 올 실뱀으로 둔갑당하고
흉측한 괴물이 되어 효수 당한다.

그녀를 바라보는 자 돌이 되리라.

차마 눈 맞추지 못하는 사내들
찰칵찰칵 그녀의 눈 피해
몰래몰래 사진 찍고 있다.

아침 풍경은 영원의 한순간

신발을 짝짝으로 신은 엄마가
머리가 희끗희끗한 노인이
손에 아이를 끌고 간다.
동물인형을 품에 안은 아이가
저 혼자 길가에 쪼그려 앉아
개미에게 빵을 뜯어 주고 있다.
입을 뾰족 내민 아이가
이윽고 유치원으로 들어가자
엄마는 급하게 몸을 돌려
신호등 무시하고 건널목을 뛴다.
어깨에 환경보호 띠를 두른 노인이
유치원 앞을 공연히 서성거린다.
나는 사거리 신호등 앞에서 몸을 돌린다.
개미와 함께 빵을 먹고 있는
아이 옆에 슬그머니 앉아 본다.

오늘 하루는 동쪽에서 떠오르는

태양과 함께 영원의 한순간.

다시 또 무서운 속도로 굴러간다.

나는 펫 2

왼팔로 뚱뚱한 개를 안은 1004호 여자
오른손에 홍삼 한 박스를 들고
승강기 탄다. 요즘 밥맛이 없는지
우리 아기가 통 먹질 않아서요.
결혼 안 한 1004호 여자의 개 아이
눈을 동그랗게 뜨고 쳐다본다.

앙상하게 뼈가 드러난
소말리아 어린이의 웃음
1009호 할머니, 유모차에 타고 있다.
어머니한테 바람을 좀 쐬어 드리려고요.
결혼 안 한 1009호 아주머니의 어머니
눈을 동그랗게 뜨고 쳐다본다.

너와 나, 우리는 모두 펫.
우리를 낳은 자연이 그윽한 눈빛으로 품어 주는 펫.
법이, 도덕이, 사랑의 이름으로 목줄을 당기는 펫.

사주팔자의 패를 뒤집으며 껄껄 웃는 운명의 펫.
나를 살리고 나를 죽이는 신에게 달려가 영원한
복종을 맹서하며 두 손을 비비는 우리는 펫.

쉰, 어느 날

바람이 심하게 기침을 한다는
아들의 문자를 받고 마당에 선다.
새들의 날갯짓 바쁘다.
구름이 보이지 않는 발
쉼 없이 움직이는데,
그치지 않고 우는 아이 울음 따라
마당 구석의 풀꽃들
일제히 향기를 밀어 올린다.
동네 보호수인 홰나무
작년보다 더 작아진 잎사귀들
숫자가 더 늘어난 잎사귀들
계속해서 뒤집어댄다.
유록색 어린 잎사귀들
뒤집힐 때마다 녹색으로 빛난다.

나 혼자만 한가한 아침
쿨룩쿨룩 바람의 기침 소리

아주 가까이 들리는 듯하다.

거울 속 낯설고 작은 얼굴

오늘은 환하게 미소를 짓는데.

바람꽃

4월의 땅속 어둠을 밀어 올리는
다섯 잎에 매달리는
주렁주렁 순백의 꽃.
이 땅 여기저기 바람이 전하는 말 담고 있다.

꿩의바람꽃, 홀아비바람꽃, 숲바람꽃, 만주바람꽃, 들바람꽃, 회리바람꽃, 꼬리에 꼬리를 물고 피는 바람꽃, 하얀 꽃술, 노랑 꽃가루가 숲을 채운다.

이슬에 젖은 몸 위풍당당 흔들린다.
햇살이 하늘과 땅에
가득 뿌려지는 지금
반짝반짝 빛나는 나도 바람꽃
너도 나도 모두 바람꽃.

스토커, 딸

기억은 누구나 달라
언제는 좋았다고 하고
누구는 미웠다고 한다.

전국에 흩어져 있는
다섯 딸들, 봉분 앞에서
엄니! 그때는
왜 그러셨어요?
잡초를 뽑으며
불쑥 한마디 내뱉는다.

설마! 엄마가 그렇게
했을 리 있겠니?
세 딸이 두 딸에게 말한다.
다 이유가 있을 거야.
무덤 옆 할미꽃
등이 땅에 닿으려 한다.

한때 나는 야훼의 딸이었지

울울창창 올리브 숲을 구불구불 흔들거리며 도착한 그리스인 마을 쉬린제, 산비탈 집들은 한결같이 흰 회벽에 붉은 지붕을 하고 햇볕을 쬐고 있었지.

터키블루 창문 아래 옹기종기 관광객들을 맞고 있는 작은 꽃 화분들 사이, 올리브 기름과 목도리며 장갑이며 모자며 양말 따위를 펼쳐 놓고, 뚱뚱한 아주머니는 판매에는 관심이 없다는 듯 손뜨개질에 빠져 있었지.

골목골목을 돌아 바다가 보이는 언덕 위 작은 교회 안으로 들어서니 반평생 나를 끌고 다니던 종소리, 으악 귀울림이 고막을 찢어댔지.

어릴 적 나는 하루 종일 방에 갇혀 있었지. 아버지가 없다고 놀려대던 사내아이들이 집으로 돌아간 후 아름다운 나의 아버지는 어디에 있나요?

신방을 온 새로 부임한 대머리 목사에게 물어 보았지. 언덕 위 교회에 가면 커다란 아버지가 있다고, 멋있고 잘생긴 아버지가 나를 기다리고 있다고, 새벽 4시에 종을 치면 그

아버지를 만날 수 있다고, 이마를 반짝이며 목사는 내게 사탕 하나를 주었지.

종탑이 하늘 높이 서 있는 흙벽돌로 지은 작은 교회, 종을 치기 위해 밧줄을 잡아당기면 당긴 만큼 몸이 공중으로 말려 올라갔지.

서쪽 나라에 계신 아버지도 들을 수 있도록 오래오래 내 몸은 오르락내리락했지. 어린 손바닥 물집이 잡히고 온몸에 땀이 흥건해지면 기진맥진 쓰러져 기도했지.

하늘에 계시는 우리 아버지여. 이 종소리 들리면 일어나소서. 아버지를 못 만나고 터벅터벅 집에 오면 어머니는 일용할 양식을 마련해 상을 차렸지.

아가야, 네가 그리도 찾는 아버지는 네 마음속에 살고 있단다.

뎅그렁 커다란 종소리가 머릿속에서 울렸지. 그 후 하늘을 우러러 손을 모으던 나는, 내 작은 다락방에서 고개를 숙인 채 마음속을 향해 두 손을 모았지.

다만 귓속에서 내 몸을 추 삼아 흔들던 귀울림이 올 때마다, 하늘에 계시는 우리 아버지, 내 마음속에 산다는 우리 아버지, 하고 주문처럼 반복했지.

터키의 그리스인 마을 쉬린제 언덕 위, 작은 교회에서 방언처럼 터진 비명을 지르며, 문득 종소리 귀울림이 흔들흔들 내 균형을 잡아 주었다는 것을, 꼿꼿한 걸음 흉내 낼 때마다 날 넘어뜨렸다는 것을 알게 되었지.

얄리얄리 얄라셩 얄라리 얄라

인디언들은 독화살을 맞았을 때 칡을 달여 먹는다더군.

집을 팔고 임대아파트로 이사하는 날 남편이 한 말이다.

그날은 가까운 사람에게 물을 먹은 날이기도 하다.

이곳 갈뫼로 351번지 칡산에서 멈춘 것은, 순전히 남편의 그 한마디 말 때문이다.

그렇게 물을 먹고도 소갈증에 걸린 나는 수시로 벌컥벌컥 물을 마신다.

먹은 물들이 몸속에서 웅덩이를 만들고 썩어 냄새를 풍긴다.

수독이네요. 몸이 붓고 가려워 병원에 간 날 의사는 몸속 물이 걸쭉하게 뭉쳐져 담이 되었다며 내게 물을 먹인다.

가까이 오지 마, 손톱을 세우고 온몸을 긁으면 손톱 밑마다 피가 고인다.

카르마의 등가교환 법칙이 맞는다면 이제 내게 사랑이 오겠군, 돈이…….

아니지, 언젠가 진 빚을 이제야 갚은 거겠지, 비로소 인연이 정리된 거겠지.

붉은 자줏빛 칡산에서 신발을 벗는다. 아내의 주검 앞에서 노래를 부른 장자의 달관을 흉내 내 본다. 얄리얄리 얄라셩 얄라리 얄라.

세상의 마루에서

그곳엔 인간의 마루라는 이름을 가진 커다란 호수가 하나 있었는데, 한양에서 쇠말을 타고 남쪽으로 두어 시간 달려 남해의 북쪽, 동해와 황해의 중앙이더라. 이곳에 탐이라는 동물이 한 마리 살고 있었는데, 녹색 갈기와 꼬리를 가진 그를 보기 위해 전국에서 사람들의 발길이 끊이질 않더라. 툭 튀어나온 커다란 눈과 마주칠 때마다 아이가 한 명씩 생겼는데, 그와 눈 맞은 여인들이 많아 이곳은 세상에서 아이들이 가장 많은 도시가 되었더라.

이 호수는 바닥까지 다 보이는데, 배부른 자신을 숨길 수가 없었던 탐은 어느 날 해를 토해내더니, 곧이어 달을 토해내고, 구름을 뱉어내고, 샛바람, 하늬바람, 마파람, 높바람을 뱉어내더니 지금은 고요를 조용히 숨 쉬고 있더라.

바람이 돌아온 도시에 비로소 새가 노래하자 아이들은 가오리연, 방패연을 높이 올렸더라. 먹어도 먹어도 허기지던 그가 하나씩 그것들을 토해낼 때마다 이상하게 배고픔이 사라지고 붉게 충혈되었던 눈이 맑아지더라. 그런 뒤 허허벌판 위에 나무를 뱉어 산을 만들고, 돌멩이 바위를 뱉어 집을 만드니 사람들이 그에게 고개를 깊이 숙이더라.

이에 기분이 좋아진 탐은 그동안 앗아먹은 사람들 꿈을 날숨 통해 차츰 밖으로 내보내더라. 이 소문은 바람을 타고 온 나라를 거쳐 태평해 건너까지 퍼져나갔더라. 미리견, 불란서, 영길리, 나선, 화란, 의대리, 백이의에서 꿈을 좇아 사람들이 북적북적 모였더라. 이곳 인간의 마루는, 그로부터 세상의 마루가 되었더라.

해설 · 시인의 말

해설

판도라의 동굴

김영호(문학평론가)

1. 개와 늑대의 시간

성배순 시인은 동화작가이기도 하다. 이는 그가 동심의 세계라는 무한하게 확장 가능한, 열린 이야기 구조에 익숙함을 뜻한다. 우주의 생성 과정에서 신과 인간이 한데 어울려 벌이는 복잡하고 아주 치졸한 감정 다툼을 다루는 신화에서부터 쇠오줌과 말똥 등 우수마발(牛溲馬勃)의 하찮은 것들까지 아우르는 풍성한 이야기들이 그에겐 아주 친근한 삶의 이야기가 된다. 그래서 그는 그리스 신화의 아폴론과 아테나, 사포와 파온, 메두사 이야기나 노자와 장자의 걸림 없는 무애자재(无涯自在)의 삶 그리고 나무꾼과 선녀 이야기나 여우놀이 등 동서고금의 설화를 자유로이 넘나든다. 그에게 설화적 세계는 산업화 이전의 가난하고 단순하며 불편한 원시사회를 의미하지는 않는다. 오히려 고대의 원시사회에서 벗어나 지금의 눈부신 산업사회를 가능하게 한 진보와 문명에 의문을 가진다. 우리 인간에게 진보와 성장 그리고 다른 생명체에 대한 압도적 우위를 가능하게 한 선각자인 프로메테우스의 선물인 '불'은 무조건적인 찬양의 대상이 아니라 '오랜 의문'에 해당한다. 프로메테우스란 이름이 의미하듯 '앞을 보며' 끝없이 돌진한 결과 인류가 처한 오늘의 생태적 위기를 보면, 진보가 과연 우리에게 이로운지 해로운지 그 구분이 쉽지 않은 상황이기 때문이다. 완전한 어둠이 찾아오기 전 어스름한 황혼 무렵에, 저만큼 실루엣으로 보이는 것이 내가 기르던 개인지 아니면 나를 해치러 오는 늑대인지 분간할 수 없는 '개와 늑대의 시간'에 우리가 있다.

프로메테우스가 털 없는 원숭이에게
부싯돌 속의 불 왜 몰래 주었을까
그것이 오랜 의문이라는 듯.

사슴을 쫓던 그때 동굴 속에서
슬금슬금 기어 나오던
달큰한 익힌 고기 냄새만 아니었더라도
쓰레기 더미 옆을 지나다가

뼈다귀에 붙은 고기 조각 핥지만 않았더라도
사람들의 우리 속으로
스스로 들어가지 않았을 것이라는 듯.

어둑어둑 저녁이 물드는 지금
인간의 친구로 있어야 하는지 말아야 하는지
근질거리는 송곳니로
이 쇠창살 끊어야 하는지 말아야 하는지
골똘히 생각하는 유기견의 우리 속
저 개 같은 것 보고 있자니
갑자기 겨드랑이가 근질거리는 듯.

—「개와 늑대의 시간」 전문

빙하기인 기원전 4만 년경, 인간과 늑대는 서로 먹을 것을 사냥하며 다투어야 하는 경쟁자였다. 그런데 프랑스의 쇼베 동굴(Chauvet Cave)에서 벽화와 함께 어린아이와 늑대로 추정되는 동물 발자국이 나란히 발견되면서, 인류가 기원전 3만 년경에 이미 동물을 사육했으며, 동물과 정서적 관계를 맺으며 효과적으로 사냥을 했을 것으로 학자들은 추정했다. 늑대를 길들인 개와 인간의 공생 및 교감은, 서양문명의 기원을 다룬 호메로스의 「오디세이아」에 등장하는 오디세우스의 충견 아르고스(Argos)의 감동적인 이야기에서도 확인된다. 아르고스는 그리스 연합군과 함께 트로이

원정을 떠난 주인이 돌아오기까지 20년을 늙고 병든 몸으로 기다리다 마침내 돌아온 주인을 만나고서 곧바로 숨을 거둔다. "인간에게 가장 훌륭한 친구는 개다"라는 프로이센의 프리데릭 대제의 말을 입증해 주는 이야기라 하겠다. 이는 프로메테우스 이야기에서도 확인할 수 있다.

프로메테우스와 에피메테우스 형제는 제우스 형제와 티탄족 간의 전쟁에서 제우스의 편에서 싸운 대가로 땅의 생명체들을 되살리고 인간을 번성케 할 임무를 띠고 지상에 내려온다. 프로메테우스는 진흙으로 신의 모습을 본뜬 최초의 인간 남자를 만들고, 에피메테우스는 여러 동물들을 만들어 제우스가 보낸 선물들을 골고루 나누어 주다 보니, 정작 프로메테우스가 만든 인간에게 줄 선물은 남아 있지 않았다. 그래서 프로메테우스는 신의 소유물인 불을 훔쳐다 인간에게 선물로 준다. 모든 동물들을 만들어 각기 필요한 것들을 선물로 준 에피메테우스의 모습에서 인간과 동물이 원초적으로 공생과 교감의 관계임을 알 수 있다. 에피메테우스가 동물들에게 선물을 골고루 나누어 준 기준은 이른바 각자무치(角者無齒)이다. 강한 뿔을 가지면 날카로운 이가 없는 식으로 각기 존재방식에 맞게 고유한 특징을 가지게 한 것이다. 이렇듯 모든 존재는 서로 보완적인 존재로 기꺼이 공존할 때에야 비로소 평화롭게 살 수 있음을 생존조건으로 준 셈이다.

2. 선물 가득한 판도라의 항아리

제우스는 불을 훔친 인간들에게 벌을 주기로 결심하고, 대장장이의 신인 '헤파이스토스'를 불러들여 여자인 '판도라'를 만들게 하고 에피메테우스에게 선물로 전해 준다. 에피메테우스는 판도라를 아내로 맞이하고, 판도라는 매일같이 제우스가 건네준 항아리를 보며 궁금해하다 호기심을 못 이기고 뚜껑을 열자, 욕심, 시기, 원한, 복수, 질병 등 수많은 죄악과 재앙들이 빠져나와 사방으로 흩어졌고, 놀라서 재빨리 닫았지만 이미 모든 재앙은 빠져나가 버리고 맨 밑바닥에 있던 '희망'만이 남게 된다. 모두가 익히 아는 이 이야기에서 우리는 저항적인 선각자인 프로메테우스에만 주목하고 그 동생 에피메테우스와 판도라는 원망의 대상으로 폄하한다.

에피메테우스는 그 이름대로 '나중에 생각하는 자'이다. 판도라와 결혼 당시 형인 프로메테우스에게서 "제우스의 선물을 절대 받지 마라"는 충고를 받았지만, 아름다운 판도라에게 푹 빠져 형의 충고를 무시하고 신들이 준 선물인 판도라를 아내로 맞이하면서 시작된 재앙으로 대홍수가 일어나 판도라와 함께 죽게 된다. 대개는 이렇듯 어리석은 에피메테우스 때문에 인간 세상에 불행이 시작되고 결국 홍수로 멸망하게 되었다며 원망한다. 그러나 그 후일담을 보면, 에피메테우스와 판도라 부부의 딸인 퓌라가 프로메테우스의 아들 데우칼리온을 남편으로 맞아 대홍수 이후 우리 인간의 조상이 되었고, 우리에겐 온갖 불행과 재앙 속에서도 굴하지 않는 희망이 남게 된다. 에피메테우스의 후예인 우리는 프로메테우스처럼 앞을 내다보는 예지를 가지지는 못했지만, 지난 자취를 뒤돌아보며 반성할 수 있는 능력을 가지게 되었다. 사실 미래를 훤히 내다보며 여러 재앙과 어려움을 요리조리 피하며 산다면 그게 무슨 낙원이겠는가. 어린 애들이 감기나 수두 등 크고 작은 질병들을 힘들게 겪고 나면 부쩍 야물어지고, 자라면서 겪는 수많은 실패나 좌절 등을 안으로 삭이며 이겨내면 그만큼 성숙해지지 않던가. 부부 사이도 작은 문제로 부딪치며 아옹다옹하다가도 가족에게 큰 어려움이 닥치면 한마음으로 서로를 북돋우며 함께 이겨 나가지 않던가. 견디기 힘든 시련이나 고통도 주변의 우정 어린 위로와 격려로 잘 감내하면 서로 진정한 이웃이 되지 않던가. 동구 앞 늠름한 느티나무도 비바람에 살갗이 찢어지고 가지가 부러져도 마침내 그 찢기고 터진 몸으로 팔을 벌려 넉넉한 그늘을 드리우지 않던가. 이와 같이 고통과 시련은 먼 훗날 우리 삶을 더욱 풍요롭게 하고 성숙하게 해 결국엔 축복이 되지 않던가. 사실 신이 인간에게 벌로 준 '판도라'는 재앙을 불러온 여자를 가리키지 않고, '많은 선물을 받은 여자'를 뜻한다. 제우스가 판도라를 보고 만족하여 기꺼이 생명을 불어넣자, 여러 신들이 다투어 판도라에게 선물을 준다. '아프로디테'는 아름다움, 교태, 거부할 수 없는 욕망을 선물하고, '헤르메스'는 뛰어난 말솜씨와 재치, 마음을 숨기는 법을, '아테나'는 방직기술 등을 선물한다. 이렇게 많은 선물을 받은 여자인 판도라로 인해 대홍수 이후 우리 인간의 새로운 삶과 역사가 가능하게 된다. 새로운 존재를 낳는 판도라의 그 원초적이고 근원적인 생명력은 성배순의 시 「암컷론 2」에 잘 드러난다.

거무튀튀한 등에
찰싹 달라붙은
하얀 새끼 알.
어부바하다가
등의 살 속으로
품어 버렸네.

물갈퀴 손 펼쳐
펑펑, 생살 찢고,
너덜너덜 등짝
폴짝폴짝 넘어가는
열 마리, 백 마리
피파개구리 새끼들.

—「암컷론 2」 전문

그런데 여기서 시인이 굳이 '여성'이란 표현 대신 '암컷'으로 표현하고 있음에 유의해야 한다. 여성은 선천적으로 타고난 생물학적 구분이 아니라 후천적으로 학습된 사회문화적 구분을 뜻한다. 이른바 섹스(Sex)가 아닌 젠더(Gender)로서의 여성을 가리킨다. '암컷'이야말로 원초적이고 근원적인 생명력을 가장 싱싱하게 전달하는 살아 있는 표현인 것이다. '여성'이란 표현이 주는 어딘지 싱싱한 생명력이 제거된 건조하고 엘리트주의적인 느낌은, 인간 이외의 암컷 생명체가 가진 근원적인 생명력을 포괄하지 못하기 때문이다. 「암컷론 2」에서 암컷의 생살을 찢고 열 마리 백 마리 태어난 새끼들은 개구리들이지만, 이런 헌신적인 생명력은 암컷 딱따구리에도 똑같이 적용된다.

한낮 공원 벤치 위 서른 안팎의 여자
꽃무늬 블라우스 세 번째와 네 번째
단추를 연다. 동그랗게 드러나는
맨살 속으로 어린 아기, 연신 고개를
들이받는다. 지나가는 행인들
얼른 자리 피하고 어머나, 어머나
폐경이 된 지 오래된 아주머니 둘
야하다, 아름답다, 중얼중얼 실랑이한다.

나무 구멍 밖으로 얼핏 보이는
암컷 딱따구리의 동그란 맨살…….

혈관이 모여 있는 곳의 따듯한 체온
아기에게 좀 더 깊이 느끼게 하려고,
나무를 쪼던 부리, 악물고는
뭉텅뭉텅 붉은 깃털 뽑아 만든
쪼끌쪼끌 포란반(抱卵斑). 들여다보고 있자니,
공연히 팽그르 눈물 돈다.

—「포란반」 전문

대체로 암컷 조류들은 번식기가 되면 배 부분의 깃털이 다 빠지면서 붉은 살이 휑하니 드러난 포란반이 저절로 생겨난다. 혈관이 모여 있는 맨살로 알을 품으면 따뜻한 체온이 직접적으로 전달되기 때문인데, 딱따구리의 경우는 좀 특이해서 알과 맞닿는 배 부분의 털을 날카로운 부리로 스스로 미련 없이 뽑아 버리고 맨살로 알을 품는다. 이렇게 털을 뭉텅뭉텅 뽑아내는 고통을 감내하는 딱따구리의 쪼글쪼글한 포란반은 그 헌신적 희생이 두드러져 아기 엄마나 나이 든 아주머니들의 눈물을 자아낸다. 아기 엄마와 암컷 개구리와 딱따구리의 새끼에 대한 헌신이 온몸으로 전해져 눈물을 팽그르 돌게 한다. 마치 개와 인간이 서로 깊게 교감하고 공존하며 기쁨을 누리듯이 말이다. 우리 자신이 우주와 자연의 일부로 다른 동물과 연결돼 있다는 시인의 인식은 암컷에 대한 뜨거운 공감을 통해 뭇 생명에 대한 포용력과 일체감으로 확산된다. 아기 엄마와 암컷 개구리와 딱따구리가 거울신경세포(Mirror neuron)를 통해 서로 교감함으로써 인간 중심의 사고에서 벗어나 모든 것들이 결국 한 뿌리에서 나온 '만유동근(萬有同根)'임을 온몸으로 느끼는 것이다.

3. 판도라의 동굴

성배순은 이번 시집의 '시인의 말'에서 상서로운 동방의 동물인 청여우에 대한 기다림을 말하고 있다. 청여우는 「비 오는 날 여우야 뭐 하니」에서도 등장한다. 청구국은 중국의 동쪽에 있는 군자의 나라인 우리나라를 가리키는데, 중국의 문헌인 『산해경(山海經)』에는 '청구산(靑丘山)의 양지바른 남쪽 언덕에는 옥돌이 많이 널려 있고, 음지인 북쪽 언덕에는 청확(靑雘)이라는 질 좋은 푸른 염료가 나며, 이 산에 꼬리가 아홉 개 달린 여우처럼 생긴 짐승이 산다'는 기록이 전해진다. 삼키면 만물의 이치를 깨닫게 되는 구슬을 지니고 초자연적인 능력을 발휘해 사람을 홀리는 매혹적인 여성으로 변신하기도 하는 여우는, 천하가 태평해지는 상서로운 조짐을 알려주는 상상 속 동물이다. 시인은 매혹적인 여성으로 변신해 고귀한 미남 백작과 가면무도회에서 춤추는 어린 시절의 꿈을 가능하게 해 줄 청여우를, 어린 시절 여우놀이에 대한 추억을 떠올리며 애타게 부른다.

폭풍우 쏟아지는 한낮, 어렸을 때처럼 다시 묻는다. 여우야 여우야 뭐 하니?

소설 안나 카레니나 미남 장교, 브론스키 백작의 사랑을 꿈꾸니? 아니면 인생의 신 포도처럼 십만 리 밖의 풍경을 바라보니?

늑골 깊은 어디쯤 옥이 많은 남쪽을 지나 북쪽의 푸른 흙길을 밟고 동쪽으로 300리쯤 청구국의 검은 청빛 청여우가 툭툭 꼬리를 친다. 청구슬을 보이며 손을 내민다.

빨간 구두를 신고 둥둥 떠 있는 도시, 청빛 세종호숫가에서 백작과 춤을 출 가면을 비춰본다.

죽었니? 살았니? 청여우, 귀 쫑긋거리며 다시 묻는다. 죽었니? 살았니?

—「비 오는 날 여우야 뭐 하니」 전문

'시인의 말'에서 시인은 매혹적인 여성으로 멋진 삶을 가능하게 해 줄 청여우를 따라 집을 나선다. 시간을 거슬러 '동굴 속 아기에게 젖을 물리고 있는 여자'를 바라본다. 여자는 '돌아오지 않는 남자를 찾아 동굴을 나서고, 바위산을 넘어, 뿌연 강을 건너' 도시 한가운데 서 있다. 여자 앞에 '검은 청빛 낮빛 고운 여우 응애응애 꼬리를 나풀대고' 있다. 시인이 바라보는 여자는 사실은 시인 자신의 갈망이 투사된 페르소나다. 그런데 이 여자는 동굴 속에서 아기를 키우고 또 남자를 찾아 동굴을 나선다. 그런데 왜 번듯한 규모와 가구를 갖춘 '주택'이 아닌 '동굴'에 사는가. 각종 가구와 집기 그리고 장식 들이 모두 생략된 채 남자와 아기가 함께 살아가는 최소한의 소박한 자립 공간을 '동굴'로 표현한 게 아닐까. 마치 간디의 오두막처럼, 복잡한 시스템과 편의시설 속에서 그 환경 조건에 전적으로 의존하는 존재로 살아가는 게 아니라, 작지만 소박한 동굴에서 가족들이 서로 가까이 몸을 맞대고 가난하지만 생기 있는 인간관계를 이루며 자급자족 속에 각자 품위를 지키며 당당하게 살고자 하는 것이다. 이는 그의 두 번째 시집의 표제작인 「아무르 호랑이를 찾아서」에서도 드러난다.

지금쯤 아무르 강물에 몸을 적신 그가 푸르르
황갈색 몸 털기를 하겠다.
장백산맥을 타고 백두산으로 들어왔겠다.
서둘러 아름드리 숲으로 간다.
으앙 스무 살 아가가 칭얼대며 쫓아온다.
으아앙, 서른의 아가가 고막에 대고 소리치며 운다.
안 돼! 절대 뒤 돌아보지 마!
귀를 막으며 커다란 너럭바위 밑 굴속으로 들어간다.

이제 함경산맥을 거친 그가 태백산맥을 내려오다가
방향을 틀어 차령산맥으로 들어왔겠다.
사람에게 노출을 꺼리는 그가 은밀한 그가
꼬리를 살짝 치켜들고 두둥실 나타나면
어흥, 닮은 두 눈이 마주치면
아기가 자라지 못하게 척척 모든 걸 대신 해주던 팔다리
옜다~ 던져 주리라.
커다란 아가를 업어주던 흰 등도
옜다~ 내밀리라.
그렇게 완전히 먹히고 나면
호랑이는 내가 되고 나는 호랑이가 되고
사뿐사뿐 산 넘고 물 건너 집으로 갈 테다.
가장 먼저 벽과 천장에서 사탕을 떼어내고
어흐흥! 눈을 휘둥그레 뜨고
어른, 아기들에게 소리칠 테다.
당장 이 집에서 나가!

—「아무르 호랑이를 찾아서」 전문

우리 민족의 정기를 상징하는 백두산 호랑이가, 광활하게 펼쳐진 만주 벌판의 침엽수림 속으로 굽이쳐 흘러가는 아무르강(우리가 흔히 흑룡강이라 부르는) 강가에서 물놀이를 즐기다 백두산을 지나 차령산맥으로 들어와 마침내 '나'와 '너럭바위 밑 굴속'에서 만나게 된다. 나와 은밀하게 눈을 마주

친 아무르 호랑이에게, 나는 그간 오로지 가족들에게 헌신하던 팔다리와 휜 등을 기꺼이 내밀고 완전히 먹혀 마침내 아무르 호랑이가 된다. 호랑이가 되어 다시 집으로 돌아온 나는 과보호로 아직도 사탕이나 먹으며 칭얼대는 어른 아기들을 집에서 내쫓고 호랑이처럼 당당하게 내 삶을 살겠다고 선포한다. 나는 아무르 호랑이의 이동경로를 굴속에서 나름 측정하며 기다리다 기꺼이 자신을 내어주고 스스로 호랑이가 되어, 집에 돌아가 당당하고 위엄을 갖춘 호랑이로서 푸른 기상을 떨치며 살아가겠다는 포부를 밝힌다. 흑룡강 주변을 맴도는 아무르 호랑이의 활달한 기상이 그간 가족들에 대한 헌신으로 희미해져 버렸는데, 마침내 내 안에 잠들어 있던 아무르 호랑이를 당당하게 살려낸 것이다.

청구국의 청여우와 아무르 강가에서 사는 아무르 호랑이는 결국 우리 몸속에 잠들어 있는 민족의 웅혼한 기상과 강인한 생명력 그리고 원숙한 지혜를 상징하는 우리 민족의 원형(原型, prototype)이라 할 수 있다. 이런 강인한 생명력과 지혜는 그의 시 「사랑니」에서도 확인할 수 있다.

박물관에서 천오백 년 전 왕비의
어금니를 본다. 하루에도 몇 번씩
올랐다 내렸다 하는 열,
옷 벗었다가 껴입었다가를 반복한다.
치아 없는 잇몸이 아파 병원에 간다.

아직도 나오지 못한 사랑니
어금니 뒤에 하얗게 숨어 있다.
뿌리 턱 쪽에 매복하고 있다.
세상에, 쉰 나이에 사랑니라니.

구다라 늙은 왕비 치아를 두고
누구는 어금니다 누구는 사랑니다
말한다. 천수를 누렸다는 왕비
몸이 풍화되고 나서야 드러낸
저 사랑니로 갑자기 어린 후궁이 된다.
살아서는 차마 드러내지 못했던 사랑,
죽어서도 끝내 보이지 않던 사랑,
혼백이 다 흩어지고 나서야
비로소 드러낸 사랑, 이라니…….

내 몸속 숨어 있던 사랑니
왜 지금서야 모습 보이는지
곰곰 생각해 보고 또 생각해 보는데
온몸의 열기, 갑자기 냉기로 바뀐다.
둥글게 웅크려 이불로 돌돌 말다가
후다닥 거울 앞에 선다.
몸 여기저기 하얗게 허물 벗겨진다.

—「사랑니」 전문

'나'는 쉰 나이에 뒤늦게 나오는 사랑니로 인한 잇몸 통증과 온몸의 열기로 엄청난 고통을 겪는다. 마침 박물관에서 천오백 년 전 왕비의 어금니 유물을 보며, 그 안내문과 묘지석의 내용이 다른 점을 착안해 아마 젊은 후궁과의 감추어진 사랑이 사랑니 유물로 인해 '혼백이 다 흩어지고 나서야' 비로소 드러난 게 아닌가 생각하며 그 천오백 년 전 사랑 이야기에 감탄한다. 자연스레 사랑니를 남긴 젊은 후궁과 쉰 나이에 사랑니로 고통을 겪는 자신을 비교하며 곰곰 생각해 본다. 이 시에 나온 내용으로 유추하면, 공주박물관에 전시된 무령왕 왕비의 어금니 유물을 본 소회를 자신의 처지와 연결한 것으로 보인다. 시인은 무령왕 당시 차마 드러내지 못했던 어린 후궁과의 사랑 이야기가 마침내 천오백 년 뒤에야 드러나듯이, 자신의 몸속에 숨어 있던 뜨거운 사랑의 감정을 새삼스레 긍정하고서 거울 앞에 서니 몸의 하얀 허물이 벗겨짐을 느낀다. 이는 갱년기에 뒤늦게 자라는 사랑니를 자연스레 겪는 몸의 퇴화라는 세간의 고정관념에서 벗어나, 다시 사랑을 느끼고 사랑할 만한 새로운 몸으로 인식함을 의미한다. 사실 사랑니는 인간의 대표적인 퇴화기관의 하나라 한다. 식물을 주식으로 하던 옛 인류는 턱관절이 지금의 인류보다 훨씬 길었기에 사랑니도 당연히 정상적으로 나왔으나, 인류가 불을 사용해 음식을 조리해 먹으면서 턱관절 길이가 줄어들어 사랑니가 제대로 자랄 수 없게 되었다는 것이다. 살 안에 파묻혀 있다가 사랑을 느낄 나이의 10대나 20대에 뒤늦게 나타나기에 '살안니'로 부르다 '사랑니'로 변했다는 민간어원설도 전해지며 영어로는 '지혜의 이(wisdom tooth)'라 부른다니, 시인이 인생의 지혜를 깨우칠 나이인 50대에 사랑니가 나는 건 전혀 이상한 일은 아닌 셈이다. 오히려 이는 시인의 내면에 잠들어 있던 왕성한 생명력과 밝은 예지가 몸의 기억을 통해 표면화된 것이라 볼 수도 있다. 즉 '동굴'로 상징되는 자연 질서에 순응하는 삶, 욕구를 절제하며 자급자족하는 소박한 삶에서 오는 당당한 품위를 되찾는 것으로 볼 수 있다. 이는 남성 중심의 사회구조 속에서 권위주의적 가장이 누리던 무절제한 욕망의 표출이 가져온 가정 파괴적 상황마저 인내하며 가정을 지켜 온 어머니의 모습에서도 확인된다. 그의 시 「여름 지나 가을」을 보자.

근처 산이란 산에 밤꽃이 지천인 지금은
길쭉하니 노란 수꽃이 작고 동그란 암꽃을 품에 감춘 지금은
비릿함을 바람에 실려 동네방네 퍼뜨리는 지금은
밤나무들이 기억한 내 인생의 일화가 향기처럼 퍼지고 있네.

뾰족구두에 양산을 든 밤꽃 냄새 나는 여자를 데리고
아버지는 개선장군마냥 5년 만에 나타나는데

밥해라 이부자리 펴라 주문도 당당한데
아버지의 여자에게 풀 먹인 홑청이불을 새로 꺼내 주고
어머니는 한여름에 어깨를 옹송그리며
올망졸망 우리들을 꼬옥 안아 주는데.

수꽃에 가려져 보이지 않던 암꽃이 점점 둥글게 자라는 지금은
하얀 솜털 수꽃이 나무 밑에 수북이 쌓여가는 지금은
할머니는 서방 잡아먹었다며 어머니한테 악다구니를 쓰는데
어머니 배 속 알밤은 토실토실 잘도 자라고
젊디젊은 아버지 사진을 제사상에 놓고
눈앞이 흐려져 잘 안 보이는구나 얘야
이제는 네가 밤을 치거라
어머니는 내게 칼을 넘겨주는데.

—「여름 지나 가을」 전문

밤꽃이 비릿한 냄새를 지천으로 날리며 흐드러지게 피는 한여름에 '나'는 '밤나무들이 기억한 내 인생의 일화'를 떠올린다. 집을 나갔다 5년 만에 '밤꽃 냄새 나는' 젊은 멋쟁이 도회지 여자를 데리고 개선장군마냥 돌아온 아버지의 터무니없는 위세를 '어깨를 옹송그리며' 참고 감수하던 어머니는 이제 할머니의 악다구니를 느긋하게 무시하고 아버지 제사

를 준비하며 밤을 치던 칼을 내게 넘겨준다. 여기서 아버지를 둘러싼 세 여성의 태도가 각기 다르게 나타난다. 이른바 '시앗(첩)을 보면 길가의 돌부처도 돌아앉는다'는 속담처럼 남편의 바람기에는 돌부처처럼 점잖은 여인도 화를 낸다는데, 어머니는 한여름에 시앗을 위한 이부자리를 펴고 어깨를 옹송그리며 죄인처럼 위축된 채 오롯이 그 고통을 감수한다. 이렇게 속 썩이던 남편이 먼저 세상을 뜬 뒤에도 올망졸망한 자식들을 기르며 집안을 잘 건사했건만, 할머니는 '서방 잡아먹었다며 어머니한테 악다구니를' 쓴다. '며느리 시앗은 열도 귀엽고, 자기 시앗은 하나도 밉다'는 옛말이 꼭 맞다. 할머니도 가부장적 사회구조 속에서 말 못 하고 인고의 세월을 지냈으련만, 아들의 행태엔 인자하고 며느리의 고통엔 무감각하다. 아마 할머니 자신이 할아버지의 외도를 겪었다면 당연히 엄청난 마음고생을 했을 텐데 말이다. 가정을 돌보지 않고 외도까지 하는 아버지를 감내하며 시앗까지 보살피던 어머니는 그런 인고의 과정을 이겨내며 이젠 할머니의 악다구니를 가볍게 무시할 정도로 내성을 키웠고 또 그만큼 당당해졌다. 이렇게 당당해진 어머니에게 '밤 치는 칼'을 넘겨받은 나는 이제 인고의 세월을 이겨내고 비로소 두 발로 우뚝 선 어머니를 보며, 윗 세대 여성들과는 달리 처음부터 당당하면서도 강인한 생명력을 갖춘 지혜로운 여성으로 삶의 품위를 지켜나갈 것으로 보인다.

아름다움과 재치 있는 말솜씨로 남자의 마음을 훔치며 생살을 찢는 고통을 참아내고 새 생명을 낳아 기르고, 가족을 위해 헌신하며 가족의 건강과 평화를 지혜롭게 지켜내는, 원초적이고 근원적인 생명력의 상징이 바로 '암컷'이다. 이는 노자가 『도덕경』 제6장에서 말한 '곡신불사 시위현빈(谷神不死 是謂玄牝)'의 세계다. 스스로를 겸허히 낮은 곳에 두고 모든 것을 포용하여 품고 새로운 생명을 창조하고 길러내는 골짜기의 신은 죽지 않으며, 이를 현묘한 암컷이라 부른다는 뜻이다. 천지 만물이 생성되어 존재하게 하는 근원인 골짜기가 바로 포용과 창조의 여성성이라는 것이다. 자연의 도(道)는 여성성이 제공하는 끊임없는 창조에 있으며, 그 도는 결코 중단됨이 없이 면면히 이어지고, 아무리 써도 다함이 있을 수 없다는 것이다. 계곡은 모든 물을 받아들이고 또 그만큼 내어놓는다. 즉 현묘한 암컷은 모든 것을 받아들이고 또 내놓는다는 점에서 우주의 자궁이 되어 천지만물의 뿌리가 된다. 이 골짜기의 여성성은 바로 동굴의 이미지와도 상통한다. 그 여성성의 동굴에서 만물이 태어나고 다시 돌아가 안식을 얻는 것이다. 그리스 신화 속 최초의 여성인 판도라의 '동굴'에서 인간과 자연 만물이 태어나고 자라고 또 안식을 얻는 것이다.

4. 경이로움의 회복

성배순의 이번 시집엔 유독 남편과의 이야기가 많다. 특

히나 남편이 학교 선생님을 그만두고 농사를 짓기로 한 뒤 겪는 가슴앓이, 그 뒤로 이어진 여러 가지 사업의 실패와 좌절 등을 자신의 어머니 세대처럼 삶에 대한 낙관적 믿음으로 이겨내려는 시인의 고뇌가 잘 드러나 있다.

어느 날 문득 아무런 대책 없이 생업인 교사직을 그만둔 남편 때문에 부부는 한동안 냉담한 채 말 없는 갈등을 겪으며 서서히 새로운 현실에 순응해 간다(「우리는 순한 짐승이 되어」). 그 뒤 남편은 게으른 낭만파 농부가 되어 생계를 심각하게 걱정하게 한다. 그런 아내의 마음을 아는지 모르는지, 남편은 새벽 는개가 자욱하게 낀 저수지의 아름다움을 나에게 확인시키고(「시인과 농부 1」), 꽃과 작은 생명 때문에 밭농사도 논농사도 짓지 못하고 풀밭으로 방치하는 남편을 보며 아내는 '굶을 수도 있겠구나' 하고 걱정한다.

지금 한창 꽃이 이쁘니 보러 가자고 그가 떼를 쓴다.
감자를 심기로 한 밭은 개망초가 하얗게 하늘거린다.
군데군데 시뻘건 양귀비꽃과 노란 애기똥풀도 냄새를 풍
긴다.
감자를 심기로 하고서 왜 안 심었냐고 물어 보자
감자를 심으려고 풀을 뽑으려 했는데 풀이 너무 이쁘더라며
그 풀이 이렇게 꽃을 올렸다고 짜잔, 오히려 자랑을 한다.
모내기를 하려면 논에 물을 대 소독을 해야 하는데
미꾸라지며 우렁이며 꼬물거리는 생명을 못 죽이겠다며

그만 벼농사를 포기하자던 그, 그 논에 객토를 해
밭을 만들자던 그, 감자를 심어 감자를 구워 주겠다던
그……,
그와 함께 살면 굶을 수도 있겠구나, 중얼거리며
꽃송이를 머리에 인 채 거들먹거리는 잡초를 뽑는다.
벌들은 잉잉거리고, 앞산의 뻐꾸기는 뻐꾹 뻐꾹대는데.

—「시인과 농부 2」 전문

남편의 대책 없음에 대한 현실적 걱정이 보다 실감 있게 표현된 시는「꽃을 보면 배가 고프다」이다. 소를 끌고 가던 노인이 아름다운 수로부인을 보고 반해서 꽃을 꺾어 바치며 불렀다는 고대 가요 〈헌화가〉의 구조를 빌린 이 작품에서 남편이 위험한 절벽 벼랑을 기어올라 환하게 웃으며 안겨 준 진분홍 철쭉 한 송이는, 아내의 머릿속에 가득한 밀린 고지서에 대한 걱정에 '먹지도 못하는 꽃을!'이란 탄식을 자아낸다. 이런 현실적 어려움 속에서도 남편은 내 손을 '꿈속에서도' 놓지 않는 나무꾼처럼(「선녀의 나무꾼처럼」) 나에게 전적으로 의존하며 매달린다. 나는 이렇게 순박하고 마음결이 고운 나무꾼에 붙잡혀 30년 동안 아이 셋을 낳고 살아온 현실에서 이제라도 벗어나 본래의 자리인 '옥황상제의 선녀' 자리로 돌아가길 꿈꾼다. 즉 작은 '동굴' 속 애옥살이에서 벗어나 '옥황상제가 있는 나의 집을 향해' 힘껏 날아오르려 애쓴다(「나무꾼의 선녀를 내려놓으리」). 급기야 집을 팔고 임대

아파트로 이사를 한 뒤 나는 답답함과 막막함에 소갈증을 느끼며 어려움을 잊기 위해 짐짓 장자의 달관을 흉내 내면서 고려 말 서민들의 막막한 삶의 비애를 체념적으로 노래한 〈청산별곡〉의 후렴구를 불러 보기도 한다(「얄리얄리 얄라셩 얄라리 얄라」). 그런 아내의 비애를 알았는지 남편은 부지런히 인력시장을 찾아다니더니, 오래 묵혀 두었던 사냥총을 꺼내 기름칠을 하며 모처럼 남성의 사회문화적 역할을 되찾으려 한다(「근황」).

그러나 시인이 남편의 갑작스런 생업 포기 이후 겪어야 했던 여러 좌절과 실패 그리고 현실의 힘겨움에도 불구하고, 남편에 대한 불만이 치명적인 적대감으로 옮겨가진 않는다. 이는 「시인과 농부」 연작 속 현실적인 시인과 감성적인 남편의 모습에서 확인되듯, 아내에 대한 남편의 깊은 사랑과 고운 심성에 대한 믿음이 있기 때문이다. 하지만 무엇보다도 주변 작은 것들의 아름다움과 소중함에 대한 남편의 경이로운 표현에 시인도 깊게 공감하기 때문으로 보인다. 남편은 새벽 네 시에 아내를 경운기에 태우고 '한 치 앞도 볼 수 없이 뿌연' 는개가 가득 낀 저수지를 바라보며 환상적인 아름다움이라고 감탄한다(「시인과 농부 1」). 밭에 가득 자란 개망초와 애기똥풀 그리고 양귀비꽃의 아름다움과 향기에 취해 감자 심기를 포기하는 남편, 논물에 소독약을 풀면 미꾸라지나 우렁이 죽을까 봐 벼농사를 포기하는 남편 때문에 '그와 함께 살면 굶을 수도 있겠구나' 하고 걱정하면서도 남편을 원망하진 않는다(「시인과 농부 2」). 이는 시인이 대대로 물려받은 원초적인 생명력에서 오는 회복탄력성으로 지금의 이 어려움을 결국은 이겨낼 것이지만, 남편과 함께 삶의 경이로움에 대한 자각을 잃지 않는 한 삶의 품격 또한 회복하리라 기대된다. 이런 삶의 경이로움에 대한 인식이 사람과 자연의 감응 속에서 아주 짜릿하게 표현된 작품이 바로 「박태기」이다.

박수무당 김석출 그이가 말이여
한복 곱게 차려입고
느티나무 그늘에 앉았단 말이지.
볼에 빵빵하게 바람 넣고
씰룩쌜룩 날라리 불 때는
온몸 오소소 소름이 돋는다 말이여.
바람 갈 길 못가고
주변 풀 흔든단 말이지.
나뭇가지 못 견디고
팡팡 꽃 터트린다는 얘기,
두말하면 잔소리지 뭐여.
여덟 살 징채 잡던 그이가
시들지 않는 하얀 꽃
밤새워 만들던 그이가 말이여.
죽어서야 비로소 피우는

환장할 진보랏빛 꽃 앞에서
지나가는 아낙들
가슴 시퍼레지도록 안아 보고
한참 섰다 간단 말이지.
입에 밥풀떼기 묻힐 수 있다면
어디든지 달려가 작두를 타던
그이의 신명나는 춤판이
한창인 지금은 봄 절정이란 말이지.

—「박태기」 전문

대개 남부 지방의 박수무당은 신 내림을 받은 강신무(降神巫)가 아니라 배워서 무당 노릇을 하는 학습무가 대부분인데, 박수무당 김석출은 귀신을 맞아들여 무당과 신령이 하나 되면 작두 위에 올라타 덩실덩실 춤을 추는 강신무이면서도 밤새 악기를 불며 악사 노릇도 하는 아주 영력(靈力)이 강한 무당인 듯하다. 그는 징을 치고 날라리를 불고 굿판의 흥을 돋우며 아낙들 가슴을 온통 흔들어 놓고 풀잎도 흔들어댄다. 그가 접신(接神)하여 신령과 하나가 돼 작두 위에서 뛰어오를 때면 진분홍빛 박태기 꽃은 나뭇가지든 몸체든 뿌리든 가리지 않고 물들인 밥알처럼 마구 흩뿌려져 피어난다. 이렇게 사람과 자연이 서로 신비로운 힘으로 연결되어 하나가 될 때 우리 인생의 봄도 절정에 달한다. 이 얼마나 놀라운 삶의 경이로움인가!

시인의 말

비 오는 날, 스멀스멀 송신증이 이는 날
검은 청빛 낯빛 고운 여우를 따라
집을 나선다. 건물이 허공에
둥둥 떠 있는 도시를 빠져나간다.
뿌리를 보이며 춤을 추는
나무들이 만드는 시간의 숲을 지나
동굴 속 아기에게 젖을 물리고 있는
여자를 바라본다. 여자는
돌아오지 않는 남자를 찾아 동굴을 나서고
바위산을 넘어, 뿌연 강을 건너
동굴과 멀어진다. 빌딩들이 하늘을 향해
솟구치는 도시 한가운데
여자는 서 있다. 흠빽 젖어
빙글빙글 서 있다. 검은 청빛 낯빛 고운 여우
웅애웅애 꼬리를 나풀대고 있는데…….

2019년 겨울 언저리
세상의 마루에서
성배순

실천문학시인선 033
세상의 마루에서

2019년 11월 20일 1판 1쇄 인쇄
2019년 11월 20일 1판 1쇄 펴냄

지은이 성배순
펴낸이 윤한룡
편집 김은경
디자인 윤려하
관리·영업 한해인

펴낸곳 (주)실천문학
등록 10-1221호(1995.10.26)
주소 서울특별시 중랑구 상봉로 110, 1102호
전화 322-2161~5
팩스 322-2166
홈페이지 www.silcheon.com

ISBN 978-89-392-3043-9 03810

이 책은 세종특별자치시와 세종시문화재단의 후원금을 지원받아 발간되었습니다.